CATALOGUE
DES LIVRES

DE JURISPRUDENCE ET DE LITTÉRATURE
GRANDES COLLECTIONS

COMPOSANT

LA BIBLIOTHÈQUE DE FEU M. L***.

(DE BOURGES)

Dont la vente aura lieu le lundi 22 novembre 1875
à sept heures et demie précises du soir

Rue des Bons-Enfants, 28 (maison Silvestre)
¡Salle nº 1.

Par le ministère de Mᵉ MAURICE DELESTRE, commissaire-priseur
Rue Drouot, 3
Successeur de Mᵒ DELBERGUE-CORMONT.

———

A la fin de la vacation, environ 400 volumes
seront vendus par lots.

PARIS

ADOLPHE LABITTE

LIBRAIRE DE LA BIBLIOTHÈQUE NATIONALE

4, rue de Lille, 4

—

1875

CONDITIONS DE LA VENTE.

La vente se fait au comptant.

Les réclamations devront être faites au plus tard dans les vingt-quatre heures qui suivront l'adjudication. Passé ce délai, les livres vendus ne seront repris pour aucune cause.

Il y aura exposition de deux heures à quatre.

Les acquéreurs payeront 5 pour 100, en sus des enchères, applicables aux frais.

M. Adolphe LABITTE, chargé de la vente, remplira les commissions pour les personnes qui ne pourront y assister.

Paris. — Imprimerie de Georges Chamerot, rue des Saints-Pères, 19.

CATALOGUE

DES LIVRES

COMPOSANT

LA BIBLIOTHÈQUE DE M. L****

(DE BOURGES)

THÉOLOGIE.

—

1. Biblia hebraica, cum punctis. (*Anvers, Plantin,* 1580), in-4, v. br.

2. Hebraïcorum Bibliorum latina interpretatio. *Plantinus Antuerpiæ excudebat. S. a.,* in-fol. v.

3. La Bible, traduction nouvelle avec l'hébreu en regard, par S. Cahen, *Paris,* 1831-1839, 18 tomes en 19 vol. in-8, demi-rel. v.

4. Renan (Ern.). Le Cantique des cantiques. — Vie de Jésus. — Les Apôtres. *Paris, Michel Lévy fr.,* 1860-1866, 3 vol. in-8, br.

5. Histoire critique du Vieux Testament par le R. P. Richard Simon, prestre de la congrégation de l'Oratoire. *Suivant la copie imprimée à Paris,* 1680, in-4, vél.

7. D. F. Strauss. Nouvelle Vie de Jésus, traduite de l'allemand par A. Nefftzer et Ch. Dollfus. *Paris, J. Hetzel et A. Lacroix. S. d.,* 2 vol. in-8. br.

8. Lactance Firmian. Des divines institutions contre les gentilz et idolâtres, traduit de latin en fran-

çoys par René Fame. *En la boutique de Galliot du Pré*, 1543, in-fol. v. titre gravé.

9. Qu'est—ce que la Bible d'après la nouvelle philosophie allemande, par Hermann Ewerbeck. *Paris, Ladrange*, 1850, in-8, demi-rel. v. ant.

10. Qu'est—ce que la religion d'après la nouvelle philosophie allemande, par Ewerbeck. *Paris, Ladrange*, 1850, in-8, demi-rel. v. f.

11. Origine de tous les cultes, par Dupuis. *Paris, Agasse, s. d.*, 4 vol. in-4, demi-rel. dont un atlas.

12. Dictionnaire historique des cultes religieux établis dans le monde depuis son origine jusqu'à présent, par Lacroix. *A Versailles*, 1820, 4 vol. in-8, demi-rel. v. viol. tr. marb. figures.

13. Mémoires pour servir à l'histoire des égarements de l'esprit humain par rapport à la religion chrétienne, ou Dictionnaire des hérésies et des schismes. *Besançon*, 1817, 2 vol. in-8, demi-rel. v. viol. tr. marbr.

14. A new System or an analysis of antient mythology, by Jacob Bry. *London*, 1807, 6 vol. in-8, portraits, demi-rel. v. rose.

15. The Origin of pagan idolatry ascertained from historical testimony and circumstantial evidence, by George Stanley Faber. *London*, 1816, 3 vol. in-4, demi-rel. v. vert, tr. marbr.

JURISPRUDENCE.

16. Pandectes de Justinien, par J. Pothier, traduites par M. de Bréard-Neuville. *Paris, Dondey-Dupré,* 1818-1823, 24 vol. in-8, br.

17. Histoire de la barbarie et des lois au moyen âge, par Toulotte et Th.-Théodore Riva. *Paris, Dubreuil,* 1829, 3 vol. in-8, demi-rel. v. vert, tr. jasp.

18. Recueil général des anciennes lois françaises depuis l'an 420 jusqu'à la révolution de 1789, par MM. Jourdan, Decrusy et Isambert. *Paris,* 1824-1827, 28 vol. plus 1 vol. de table. Ens. 29 vol. in-8, demi-rel. bas viol.

19. Los Fors et costumas de Bearn. *A Pau, per Isaac Desbaratz,* 1715. — Stil de la justicy deu pais de Bearn, publicat en l'an 1564, regente Johanne regine Dame souvirane de Bearn, ensems las ordonnances feites per Henric second Rey de Navarre seignour souviran de Bearn. *A Pau, per Isaac Desbaratz,* 1716, 2 parties en 1 vol. in-4, parch.

20. Compilation d'auguns priviledges et reglamens deu pays de Bearn feyts et octroyats a l'intercession deus estats ab los serments de fidelitat a sons subjets et per reciproque deus subjets a lour seignour. *A Orthis, chez Jacques Rouyer,* 1676, in-4, parch.

21. Les Covstvmes dv Pays et Dvché de Nivernois, avec les annotations et commentaires de M° Gvy Coqville, sieur de Romenay. *A Paris, en la boutique de l'Angelier, chez Clavde Cramoisy,* 1625, in-4, v. ant.

22. OEuvres complètes de Pothier. *A Paris, chez Thomine et Fortic,* 1821-1824, 25 volumes (plus 1 vol. de table) in-8, br.

Il manque le tome Ier.

23. OEuvres choisies de d'Aguesseau, chancelier de France. *Paris, Et. Ledoux,* 1820, 6 vol. in-8, br.

24. Recueil général annoté des lois, décrets, ordonnances, depuis le mois de juin 1789 jusqu'au mois d'août 1830. Publié par les rédacteurs du *Journal des Notaires et des Avocats. Paris,* 1834-1838, 18 vol. plus 2 vol. de tables. — Révolution de 1830 à 1847, 17 tomes en 9 vol. et 1 vol. de table, de 1830 à 1848. — République de 1848 à 1852, 5 tomes en 4 vol.—Empire, 1853 à 1870, 18 vol. — République, 1871 et 1872, 2 vol. — Ensemble 60 tomes en 51 vol. in-8, demi-rel.

25. Merlin. Répertoire de jurisprudence. *Paris,* 1812-1829, 18 vol. in-4. — Question de droit, 1810-1830, 9 vol in-4. Ens. 27 vol. in-4, demi-rel. bas.

26. Recueil général des lois et arrêts, fondé par M. Sirey, revu et complété par L.-M. Devilleneuve et A. Carette (1791 à 1874). *Paris,* 1843 à 1874, 53 vol. in-4. — Tables (1791 à 1870). *Paris,* 1851 à 1872, 6 vol. in-4. — Lois annotées par Carette (1789 à 1874), 5 vol. in-4. — Ens. 64 vol. in-4, demi-rel. bas.

Les deux dernières années sont en livraison.

27. Dalloz. Jurisprudence générale du royaume. *Paris,* 1846-1870, 44 tomes en 50 vol. in-4, br.

28. Le Droit des gens, ou Principes de la loi naturelle appliqués à la conduite et aux affaires des nations et des souverains, par Vattel. *A Paris, chez Janet et Cotelle,* 1820, 2 vol. in-8 br.

29. Le Droit civil français suivant l'ordre du code, par C.-B.-M. Toullier. *Paris, Cotillon et Renouard,* s. d., 7 vol. en 14 parties in-8. — Le Droit civil français continué, par J.-B. Duvergier. *Paris, J. Renouard*, 1835, tomes I et II. Ens. 16 vol. in-8, br.

30. Troplong. Le Droit civil expliqué. *Paris, Charles Hingray*, 1845-1851, 23 vol. in-8, br.

De la vente, 2 vol. — De l'échange et du louage, 3 vol. — Commentaire des sociétés civiles et commerciales, 2 vol. — Commentaire du prêt, 1 vol. — Commentaires du dépôt et du séquestre des contrats aléatoires et de la rente viagère, 1 vol. — Commentaire du mandat, 1 vol. — Cautionnement et transactions, 1 vol. — Contrainte par corps en matière civile et de commerce, 1 vol. — Nantissement du gage, 1 vol. — Commentaire des priviléges et hypothèques, 4 vol. — De la prescription, 2 vol. — Contrat de mariage, 4 vol.

31. Dictionnaire de procédure civile et commerciale, par MM. Bioche et Goujet. *Paris, Videcoq*, 1840, 6 vol. in-8, br.

32. Les Lois de la procédure civile, par G.-L.-J. Carré et Chauveau (Adolphe). *Paris, Cosse*, 1849, 7 vol. in-8, br.

Il manque le tome Ier ; le tome V est en 2 parties ; le tome VII est le *Dictionnaire résumé de procédure civile.*

33. Dictionnaire du notariat, précédé d'un recueil des édits, lois, etc. *Paris*, 1832, 6 vol. in-8, demi-rel. v. f.

SCIENCES ET ARTS.

---

34. Encyclopédie, ou Dictionnaire raisonné des sciences, des arts et des métiers, par Diderot et d'Alembert. *Paris*, 1751, 35 vol. in-fol. v. m. dont 12 vol. de planches.

35. Histoire de l'Académie royale des sciences. *Paris*, 1733, 11 vol. in-4. — Mémoires de l'Académie royale des sciences (1699 à 1748). *Paris*, 1732 à 1752, 51 vol. in-4. — Machines et inven-

tions, 1735, 6 vol. in-4. — La Méridienne de Paris, par Cassini, 1744. — Recueil des pièces qui ont remporté les prix, 6 vol. — Ensemble 75 vol. in-4, v. marb.

Dans les Mémoires il manque le tome VII, 1re partie.

36. La Liberté de penser, revue philosophique et littéraire, publiée sous la direction de M. Amédée Jacques. *Paris, Joubert,* 1848-1851, 48 livraisons en 8 vol. in-8, demi-rel. v.

37. Annuaire scientifique, publié par P. Deherain. *Paris, Charpentier,* 1862-1870, 9 vol. in-18, br.

Collection complète jusqu'en 1870 (9e année).

38. L'Encyclopédie d'histoire naturelle, par le Dr Chenu. *Paris, Maresq et Firmin Didot frères,* 1853-1856, 22 vol. gr. in-8, br. nombr. figures noires.

Botanique, 2 vol., et table. — Minéralogie, géologie, races humaines, 1 vol table. — Quadrumanes, 1 vol. — Carnassiers, 2 vol. — Pachydermes, ruminants, édentés, cétacés, 1 vol. — Rongeurs et pachydermes, 1 vol. — Reptiles et poissons, 1 vol., et table. — Crustacés, mollusques, 1 vol., et table. — Coléoptères, 3 vol., et table. — Annelés, 1 vol. et table. — Papillons et papillons nocturnes, 2 vol. — Oiseaux, 6 vol., et table.

BELLES-LETTRES.

---

39. Histoire générale et système comparé des langues sémitiques, par Ern. Renan. — 1re partie : Histoire générale des langues sémitiques. *Paris, Impr. impériale,* 1863, gr. in-8, br.

40. Grammaire hébraïque raisonnée et comparée, par M. Sarchi. *Paris, Th. Barrois,* 1844, in-8, demi-rel. bas.

Exemplaire interfolié.

41. Lexicon hebraïco-latino-biblicum, authore P***. *Avenione*, 1758, 2 vol. in-fol. rel.

42. Dictionnaire universel français et latin, vulgairement appelé de Trévoux. *Paris*, 1771, 6 vol. in-fol. v. ant. marbr.
Manquent les tomes VI et VII.

43. Recherches sur les langues celtiques, par W. E. Edwards. *Paris, Impr. royale*, 1844, in-8, br.

44. Dictionnaire celto-breton et breton-français, par J.-F.-M.-A. Le Gonidec. *Angoulême*, 1821, in-8, br.

45. Dictionnaire français et celto-breton, par A. Troude. *Brest*, 1842, in-8, br.

46. Grammatik der romanischen, Sprachen von Fr. Diez. *Bonn*, 1836, 3 vol. in-8, br.

47. Etymologisches Wörterbuch der romanischen Sprachen, von Friedrich Diez. *Bonn*, 1861, 2 vol. in-8, br.

48. Récréations philologiques, ou Recueil de notes pour servir à l'histoire des mots de la langue française, par F. Génin. *Paris, Chamerot*, 1858, 2 vol. in-18, br.

49. Dictionnaire étymologique de la langue françoise, par Ménage. *Paris*, 1750, 2 tomes en 3 vol. in-fol. br.

50. Dictionnaire des racines et dérivés de la langue française, pour la facilité de l'étude et de l'enseignement, par Frédéric Charrassin. *Paris*, 1842, in-4, demi-rel. v. f. ant.

51. Dictionnaire de la langue françoise de Pierre Richelet. *A Lyon, chez Marcellin Duplain*, 1728, 3 vol. in-fol. bas.

52. Nouveau Dictionnaire étymologique de la langue française, par M. Court de Gébelin. *Paris, Dutot*, 1835, in-4, demi-rel. v. vert.

53. Bescherelle. Dictionnaire français. *Paris*, 1854,
2 vol. in-4, demi-rel.

54. Etymologicum teutonicæ linguæ, sive Dictiona-
rium teutonico-latinum, studio Cornelii Killiani
Dufflaci. *Trajecti Batavorum, apud Roelandum de
Meyere*, 1777, 2 tomes en 1 vol. in-4, demi-rel.
bas. n. rog.

——————

55. Monuments de la littérature romane publiés
sous les auspices de l'Académie des jeux floraux,
par M. Gatien Arnoult. — Las Flors del Gay Saber
estier dichas las Leys d'amors. *Toulouse*, 1841,
3 vol. gr. in-8, br.

56. Fabliaux ou contes du xii et du xiii° siècle, tra-
duits ou extraits d'après divers manuscrits du
temps. *A Paris, chez Eug. Onfroy*, 1779, 3 vol.
— Contes dévots, fables et romans anciens pour
faire suite aux fabliaux, par M. Le Grand. *Paris*,
1781, 1 vol.; ens. 4 vol. in-8, v. ant. mar.

57. Les Anciens Poëtes de la France, publiés sous
la direction de M. F. Guessard. *Paris, A. Franck*,
1864-70, 10 vol. in-12, cart. non rog.

58. OEuvres complètes de Rutebeuf, trouvère du
xiii° siècle, recueillies et mises au jour pour la
première fois par Achille Jubinal. *A Paris, chez
Éd. Pannier*, 1839, 2 vol. in-8, br.

59. Vaux de Vire d'Olivier Basselin, 1 vol. — Le
Livre des proverbes français, par M. Le Roux de
Lincy, 2 vol. — Histoire amoureuse des Gaules,
2 vol. — OEuvres comiques de Cyrano de Berge-
rac, 1 vol. — Ruelles, salons et cabarets, par
Em. Colombey, 1 vol. *Paris, Ad. Delahays*, 1857-
59, 7 vol. in-12, cart. non rog.

60. Recueil de chants historiques français depuis le
xii° siècle jusqu'au xviii° siècle, avec des notices et
une introduction par Le Roux de Lincy. *Paris,
Ch. Gosselin*, 1842, 2 vol. in-18, br.

61. Jeanne d'Arc, poëme en douze chants, par Alexandre Guillemin, illustrations de M. Pauquet. *Paris, L. Curmer*, 1844, in-4, br.

62. OEuvres complètes de P.-J. de Béranger, illustrées de cinquante-deux belles gravures sur acier. *Paris, Perrotin*, 1847, 2 vol. gr. in-8, demi-rel. chagr. noir.

63. Orlando Fvrioso di M. Lodovico Ariosto. *In Venetia*, 1612, in-4, parch.
Le titre est remonté. Mouillures.

64. I quattro poeti Italiani con una scelta di poesie Italiane dal 1200 sino a'nostri tempi, publicati da A. Buttura. *Parigi*, 1833, gr. in-8, texte à deux col. cart. non rog.

---

65. Relation de l'ordre de la triomphante et magnifique monstre du mystère des saints Actes des Apostres par Arnoul et Simon Gréban, qui a eu lieu à Bourges, ouvrage inédit de Jacques Thiboust, suivi de l'Inventaire de la sainte Chapelle de Bourges et de faits divers sur Bourges, le tout recueilli par M. Labouvrie. *Bourges, P. Manceron*, 1836, in-8, br. avec 6 pl. et 1 plan.

66. OEuvres de Molière, avec les notes de tous les commentateurs, édition publiée par L. Aimé-Martin. *Paris, Lefèvre*, 1837, 4 vol. in-8, portr. demi-rel. v. ant.

67. OEuvres de Jean Racine avec des commentaires par J.-L. Geoffroy. *Paris, Le Normant*, 1808, 7 vol. in-8, figures gravées par Choffard, demi-rel. v.

68. OEuvres de Regnard. *A Paris, chez Maradan*, 1790, 4 vol. in-8, portr. gravé v. rac.

69. OEuvres de A.-V. Arnault. *Paris, Bossange*, 1824-27, 8 vol. in-8, cart. non rog.

70. Schillers sämmtliche Werke. *Stuttgart,* 1840, gr. in-8, texte à 2 col. demi-rel. chagr. v. tr. jasp. fig. sur acier.

---

71. Les Contes drôlatiques de Balzac, 5ᵉ édition, illustrée de 425 dessins par Gustave Doré. *Paris,* 1875. in-8, demi-rel. mar. r. tr. jasp.

---

72. Turnebii Adversariorum libri XXX. *Aureliopoli,* 1604, in-4, v. fl. de lis.

Aux armes de Phelippeaux de la Vrillière, archevesque de Bourges. Prix donné en 1680 à P. Aupic.

73. Histoire et mémoires de l'Académie des Inscriptions et Belles-Lettres. *Paris, Impr. roy.,* 1736-72, 39 vol. in-4, v. mar.

---

74. Bibliothèque grecque, avec la traduction latine et les index. *Paris, Firmin Didot fr.* 1839-1864, 50 vol. gr. in-8, texte à 2 col. demi-rel. v. plus 6 vol. br.

Ancien Testament, 2 vol. — Nouveau Testament, 1 vol. — Aristophane, 1 vol. — Arrien, 1 vol. — Aristote, 3 vol., et le tome 4 br. — Anthologie palatine, 1 vol., plus un double. — Appien, 1 vol. — Démosthène, 1 vol. — Diodore de Sicile, 2 vol. — Diogène Laerce, 1 vol. — Elien, 1 vol. — Epistolographes, 1 vol. br. — Erotiques, 1 vol. — Euripide, 2 vol. — Eschyle, 1 vol. — Géographes grecs, 2 vol., et atlas. — Hérodote, 1 vol. — Hésiode, 1 vol. — Historiens, fragments, 4 vol., et le tome V en deux parties. — Homère, 1 vol. — Isocrate, 1 vol. — Josèphe, 2 vol. — Lucien, 1 vol. — Orateurs, 1 vol. — Nonnos, 1 vol. — Pausanias, 1 vol. — Philosophes grecs, 1 vol., et le tome II br. — Platon, 2 vol. — Plotin, 1 vol. — Plutarque, 5 vol. — Poëtes grecs, 1 vol. — Polybe, 1 vol. — Strabon, 1 vol. — Théocrite, 2 vol. — Théophraste, 1 vol., plus un double broché.

75. Collection des auteurs latins avec la traduction en français, publiée sous la direction de M. Nisard. *Paris, J. Dubochet,* 1838-1844, 27 vol. gr. in-8, texte à deux col. demi-rel. v.

76. Panthéon littéraire, collection universelle des chefs-d'œuvre de l'esprit humain. *Paris, Aug. Desrez, Raymond Sabe,* 1833-40-54, ens. 33 vol. gr. in-8, texte à deux col, br. et demi-rel.

Les Livres sacrés de l'Orient, par Pauthier, 1 vol. — Choix de chroniques et mémoires sur l'histoire de France, avec notices littéraires, par C. Buchon, 15 vol. — Chroniques étrangères relatives aux expéditions françaises pendant le XIIIᵉ siècle, 1 vol. — Théâtre français au moyen âge, 1 vol. — Choix de monuments primitifs de l'Église chrétienne, 1 vol. — Les Vieux Conteurs français, 1 vol. — Romans relatifs à l'histoire de France aux XVᵉ et XVIᵉ siècles. — Les Chroniques de Froissart, 3 vol. — Les Œuvres de Brantôme, 2 vol. — Moralistes français, 1 vol. — Œuvres complètes de Montesquieu, 1 vol. — Œuvres de P. Corneille, 2 vol. — Œuvres de P.-L. Courier, 1 vol. — Œuvres de lord Byron, 1 vol. — Histoire d'Italie de Guicciardini, 1 vol.

77. Collection de la Bibliothèque elzevirienne, publiée par P. Jannet, Franck, etc. *Paris*, 1855, 61 vol. in-12, cart. perc. r. non rog.

Gérard de Rossillon. — Dolopathos. — Flore et Blancheflor. — Anciennes poésies françaises, 3 vol. — Villon. — Coquillart, 2 vol. — Gringore. — Roger de Collerye. — D'Aubigné, les Tragiques. — Mathurin Regnier. — Gauthier Garguille. — Théophile, 2 vol. — Saint-Amant, 2 vol. — Ancien Théâtre français, 10 vol. — Hitopadésa. — Jean d'Arras, Mélusine. — Evangiles des Quenouilles. — XV Joyes du mariage. — Jehan de Paris. — Straparole, 2 vol. — Nouvelle Fabrique. — Tabarin, 2 vol. — Poésies de Lescurel. — Mémoires de Saint-Aubin. — La Tour Landry. — Baron de Fœneste. — Morlini. — Caquets de l'accouchée. — Variétés historiques et littéraires, 10 vol. — Catalogue.

78. Ouvrages divers publiés par Guillaumin, Garnier, Hachette, Didier, Gosselin, Delahays, etc. 31 vol. in-18, br.

79. Œuvres complètes de la Fontaine avec les notes de tous les commentateurs et des notices historiques en tête de chaque ouvrage. *Paris, Dupont*, 1826, 6 vol. in-8, portr. gr. par Tardieu, demi-rel. v. viol.

80. Œuvres de C.-F. Volney. *Paris*, 1826, 8 vol. in-8, portr. demi-rel. bas. v.

Les Ruines. — Voyage en Égypte et en Syrie, 2 vol. — Etats-Unis d'Amérique. — Histoire ancienne, 2 vol. — Leçons d'histoire. — Alphabet européen.

81. Œuvres de M. le vicomte de Chateaubriand. *A Paris, chez Pourrat frères*, 1836, 20 tom. en 11 v. in-18, demi-rel. chag. noir.

82. P.-J. Proudhon. La Guerre et la Paix. *Dentu*, 1861, 2 vol. — Théorie de l'impôt. *Paris, Dentu*, 1861. — Du Principe de l'art. *Paris, Garnier*, 1865. — Qu'est-ce que la propriété. *Paris, Garnier*, 1849, 1 vol.; ens. 5 vol. in-18, br.

83. Bibliothek der deutschen Schriftsteller. *Paris,
Baudry*, 1840-43, 13 vol. gr. in-8, à deux col.
demi-rel. v. fac-simile.

Goethe, 5 vol. — Ludwig Tieck, 2 vol. — Jean-Paul, 2 vol. — Lessing,
1 vol. — Wieland, 1 vol. — Hoffmann, 1 vol. — Klopstock, 1 vol.

84. J.-G. von Herder's ausgewählte Werke. *Stuttgart und Tubingen*, 1844, 2 vol. in-8, portr.
texte à deux col. demi-rel. dos et coins de v. bleu,
non rog.

85. Bibliothèque de poche. *Paris, Paulin, Le Cheva-
lier, et Ad. Delahays*, 1855-57, 10 vol. in-12,
cart. non rog.

Curiosités littéraires. — Curiosités bibliographiques. — Curiosités biogra-
phiques. — Curiosités des traditions. — Curiosités de l'archéologie et des
beaux-arts. — Curiosités philologiques. — Curiosités militaires. — Curiosités
des origines et des inventions. — Curiosités historiques. — Curiosités anec-
dotiques.

HISTOIRE.

86. Précis de la Géographie universelle, ou Descrip-
tion de toutes les parties du monde, par Malte-
Brun. *A Paris, chez Buisson*, 1812-35, 8 vol. in-
8, demi-rel. v.

Histoire. — Théorie. — Asie. — Inde, Océanie, Afrique. — Amérique et
Europe, 3 vol.

87. Voyage du jeune Acharsis en Grèce, dans le milieu du iv° siècle avant l'ère vulgaire. *A Paris,
chez De Bure*, 1790, 7 vol. in-8 et atlas in-4, v.
ant. fil. tr. marb.

88. Vies des hommes illustres de Plutarque, traduites du grec par Ricard. *Paris, Aug. Desrez*,
1838, 2 vol. in-8, texte à deux col. demi-rel. v.

89. Histoire de la décadence et de la chute de l'Empire romain, traduite de l'anglais de M. Gibbon,

par M. de Septchênes. *Paris, chez Moutard,* 1788-
95, 18 vol. in-8, v. rac.

90. Les Recherches de la France, d'Estienne Pasquier.
A Paris, chez Laurent Sonnius, 1611, in-4, v. ant.

91. Recueil de monuments antiques, la plupart
inédits et découverts dans l'ancienne Gaule, par
Grivaud de la Vincelle. *Paris,* 1817, 3 vol. in-4,
deux de texte et un de planches demi-rel. v. bleu
tr. jasp.

92. Histoire de France depuis les Gaulois jusqu'à la
mort de Louis XVI, par Anquetil, nouvelle édition, continuée jusqu'en 1838, par M. Louis de
Mas-Latrie. *Paris,* 1839, 6 vol. in-8, demi-rel. v.

93. Histoire des Français depuis les Gaulois jusqu'en 1830, par Th. Lavallée. *Paris, Charpentier,*
1852, 4 vol. in-18, br.

94. Journal de Jehan Glaumeau. *Bourges,* 1541-62,
publié pour la première fois avec une introduction
et des notes par le président Hiver. *Bourges et
Paris,* 1868, in-8, br.

Tiré à 300 exemplaires.

95. Lettres originales de Mirabeau, écrites du donjon
de Vincennes pendant les années 1777-78-79 et
80, contenant tous les détails sur sa vie privée, ses
malheurs et ses amours avec Sophie Ruffei, mar-
quise de Monnier, recueillies par P. Manuel, ci-
toyen français. *A Paris,* 1792, 4 tom. en 2 vol.
in-8, demi-rel. v. f. gris tr. marb.

96. Histoire civile, physique et morale de Paris, par
J.-A. Dulaure (3ᵉ édition.) *Paris, Baudoin fr.,*
1825-26, 10 vol. in-12, fig. gr. demi-rel. v.

97. A.-J. Marnier. Établissements et coutumes, as-
sises et arrêts de l'échiquier de Normandie au trei-
zième siècle. — Ancien Coutumier inédit de Pi-
cardie. *Paris, Techener,* 1839-1840, 2 vol. in-8,
br.

98. Voyage dans les départements du midi de la
France, par Aubin-Louis Millin. *A Paris, de l'Imprimerie impériale*, 1807-1811; 4 vol. in-8 et atlas
in-4, demi-rel. v. f. ant.

99. Essais historiques sur le parlement de Provence
depuis son origine jusqu'à sa suppression (1501-
1790), par M. Prosper Cabasse. *Paris, A. Pihan
de la Forest*, 1826, 3 vol. in-8, br.

100. Histoire du Berry, par Jean Chaumeau. *Lyon,
Anthoine Gryphius*, 1566, in-fol. parch.
Exemplaire fatigué, titre doublé.

101. Histoire de Berry (par de la Thaumassière),
1689, in-fol. demi-rel.
Incomplet du titre.

102. Recveil des antiqvitez et privileges de la ville
de Bovrges et de plvsievrs autres villes capitales du
royaume, divisé en trois parties, le tout extrait
des chartres des villes par Jean Chenv, advocat en
parlement. *A Paris, chez Nic. Bvon, rue Sainct-
Iacques, à l'enseigne de l'Homme sauuage*, 1621,
in-4, parch.
Forte piqûre dans le milieu de l'ouvrage.

103. Annuaire de la Société archéologique de la
province de Constantine. *Constantine et Paris*,
1855-63, 10 années en 6 vol. in-8, br. planches
et fac-simile.

104. Études et recherches historiques sur les mon-
naies de France, par M. Berry. *A Paris, chez Du-
moulin*, 1853, 2 vol. in-8, br. (et 2 atlas de 90 pl.
de numismatique.)

105. Histoire générale de l'Italie de 1815 à 1850,
avec des notes sur les événements de 1859 et
1860, par M. Diego Soria. *Nîmes*, 1861, 3 vol.
in-8, br.

107. Dictionnaire historique de Bayle. *Amst.*, 1734,
5 vol. in-fol. v. (*Piqûres.*)

Paris. — Typographie Georges Chamerot, rue des Saints-Pères, 19.